처의 감각

이음희곡선
처의 감각

| 1쇄 발행 | 2016년 7월 1일 |
| 4쇄 발행 | 2019년 6월 28일 |

지은이	고연옥
펴낸이	주일우
펴낸곳	이음
등록번호	제2005-000137호
등록일자	2005년 6월 27일
주소	서울시 마포구 월드컵북로1길 52, 3층
전화	02-3141-6126
팩스	02-6455-4207
전자우편	editor@eumbooks.com
홈페이지	www.eumbooks.com

ISBN	978-89-93166-72-9 04810
	978-89-93166-69-9 (세트)
값	5,500원

+ 이 책은 서울문화재단 남산예술센터와 협력하여
  제작하였습니다.

이음희곡선

처의 감각

고연옥

- 이 희곡 『처(妻)의 감각』은 제5회 벽산희곡상 수상 작품이다.
- 2016년 7월 1일부터 7월 17일까지 남산예술센터에서 〈곰의 아내〉라는 제목으로 초연되었다.

차례

등장인물

여자(곰 아내)
남자(남편)
사냥꾼
여자의 엄마
여인숙 주인
역장
남자의 여자친구
이웃 남자(노인)
남자 회사의 사장

무대

대부분의 장소는 동굴이다.
또는 동굴이라고 느껴지는 곳이다.

제1장 남자

남자

숲으로 오는 동안 그들은 친절했지.
그들을 미워했던 게 얼마나 어리석은
생각이었나 싶을 정도로.
몇 번이나 날 불러줘서 고맙다고 했어.
적어도 두 번은 진심으로.
훌륭한 식사를 대접받았을 때,
적대적인 관계에 있는 사람이라도
가끔은 잘 지낼 수 있어야 한다는
생각이 떠올랐을 때.
다음 날 아침, 그들은 생수 한 병
남겨 놓지 않고 떠났어.
빈숲에 날 버려두고.
이상한 복수심 같은 거였나?
아무 일 없었던 것처럼 걸었지.
다 알고 있었던 것처럼.
버림받지 않은 것처럼.
차라리 울면서 그들을 불러야 했을까?
얼마 못 가 허공을 밟고 만 거야.
처음 눈을 떴을 때는 밤이었어.
다시 눈을 뜰 때마다 밤과 낮이
뒤바뀌었지.
시간이란 이렇게 깜박거리며
지나가는 걸까?
그런 생각을 하면서 최대한 내 상황을
인정하지 않으려고 노력했어.

별이 지고, 바람이 스쳐갈 때는
지나간 일들이 떠올랐지.
즐거웠던 시절과 행복했던 기억.
후회스러운 일들이 많았어.
지금이라면 그렇게 하지 않을 선택들.
인정하지 않을 수 없었어. 그래서
죽는구나!

제2장 여자

곁에서 잠들어 있던 여자가 깨어난다.

여자   일어났네요?
남자   … 내가 왜 여기 있죠?
여자   알고 있는 줄 알았는데, 기억 안 나요?
남자   … 꿈인지 기억인지.
여자   구해줘서 고맙다고 했어요.
    집이 따뜻하다고.
남자   … 죽는 줄 알았어요.
여자   저도 죽은 사람인 줄 알았어요.
남자   … 고맙습니다.
여자   여기로 끌고 온 거 말고는 한 일이 없어요.
남자   집이 따뜻해요.
여자   동굴이에요.
남자   다른 사람은 없어요?
여자   누굴 찾아요?
남자   이런 데 여자 혼자 살면 무서울 텐데.
여자   여기가 무섭다고요?
남자   처음부터 여기 있었던 건 아니죠?

여자, 주머니에서 방울을 꺼낸다.

여자   어릴 때 우리 마을에서는 여자아이들
    발목에 방울을 달았어요. 잃어버려도
    찾을 수 있게요. 어느 날 친구들하고

산딸기 따러 나왔다가
혼자 길을 잃었어요.
날은 저물고 발을 다쳐 꼼짝할 수
없었는데, 누군가 날 구해 줬어요. ……
그렇게 몇 년을 같이 살았어요.

제3장 사냥꾼

여자, 방울을 흔든다.
사냥꾼이 다가온다.

사냥꾼   누구요? 거기 누가 있어?
                   … 이게 뭐야?

여자, 뭔가를 감춘다.

사냥꾼   마을에서 여자아이 하나가
                   없어졌다더니, 너였구나!
                   네가 사람이었다고 하면 아무도
                   안 믿을 거다. 운이 좋은 줄 알아.
                   마을을 떠나오기 직전에 그 이야기를
                   들었고, 계속 그 생각을 하면서
                   여기까지 왔기 때문에 알아본 거야.
                   네 엄마가 아직도 네 이름을 부르며
                   운다고 하더라.
                   내 갈 길도 급하다만, 집에 바래다주마.
여자   …… 보고 싶어도 … 못 가요.
사냥꾼   걱정 마라. 엄마는 널 알아보실 거다.
여자   못 가요… 아기가 있어서….
사냥꾼   … 아기가 있어?
여자   … 보실래요?

여자, 감춰 둔 것을 꺼내 보인다.

어린 짐승의 소리가 들린다.

사냥꾼	그거 참, 신기하게 생겼네.
여자	(지랑스럽게) 귀여워요.
사냥꾼	사람도 아니고, 짐승도 아닌 것이.
여자	그걸 알고 태어나진 않아요.
사냥꾼	그래, 그럴 거다.
여자	그래서 예뻐요.

사냥꾼, 작은 칼을 휘두른다.
여자, 아기를 놓친다.

사냥꾼	원망하지 마라. 애가 죽어야
	집에 갈 수 있어.
여자	…… 불쌍하지도 않아요?
사냥꾼	애야, 이건 사람이 아니잖니?

제4장 엄마

엄마가 작은 상을 들고 들어온다.

엄마 　얘가 또 밥을 안 먹었네.

여자 　그건 밥이 아니잖아요.
　　　왜 자꾸 그런 걸 먹으라고 해요?

엄마 　사람들 말이 네가 이걸 먹어야
　　　사람이 된다는구나.

여자 　지금은 사람이 아니란 말이에요?

엄마 　사람들이 그렇게 보는 게 당연하지.
　　　곰하고 살았고, 곰 새끼까지 낳았으니.

여자 　날 구해 줬어요. 하루도 거르지 않고
　　　먹을 걸 가져다줬어요.

엄마 　차라리 죽어서 돌아오는 편이 나았겠다고,
　　　그 인간 같지도 않은 것들이
　　　그런 소릴 하더라.

여자 　아기 낳을 때도 내 몸을 오래오래
　　　핥아 줬어요.

엄마 　엄마 죽는 꼴 보기 싫으면 다신 그 말
　　　꺼내지 마라. 어서 먹어! 사람들 말대로
　　　짐승이던 것이 떨어져 나갈 거다.

여자 　엄마, 내 몸은 벌써 갈가리 찢겼어요.

엄마 　그야… 그것도 새끼니까. 얼마 전에
　　　사냥꾼이 와서 그러더라. 너를 마을에
　　　데려다주고 다시 그곳을 지나는데,
　　　그놈이 지 새끼 죽은 데서 온몸을 뜯으며

	울고 있더라고. 얼마나 무서웠던지
	산 두 개를 돌아서 갔다더구나.
여자	그인… 아이를 참 예뻐했어요.
엄마	가질 수 없는 것이니 예쁠 수밖에.
	인간을 사랑한 대가가 어떤 것인지
	이젠 알 거다.

엄마, 상을 들고 나간다.

여자	난 밤이 깊어지길 기다려 도망쳤어요.
	처음엔 그를 찾아야 한다는 생각으로,
	나중엔 올가미에서 빠져나오는 기분으로.
	… 기억을 더듬어 동굴을 찾아왔지만,
	그인 자기 냄새까지 모조리 지우고
	떠났어요. 다시는 만나지 않겠다는
	말처럼. … 늦기 전에 그이를 만나야 해요.
	용서를 빌어야 해요. 날 도와주시겠어요?

제5장 여인숙

여인숙 주인이 등불을 켜고 들어온다.

여인숙 주인　　아주 잘 오셨어요. 세계 곳곳에서
　　　　　　　오지요. 그놈들 아주 요물이에요.
　　　　　　　곰이 예전엔 인간과 형제였다는 얘기가
　　　　　　　있지 않습니까? 어두워진 숲에서
　　　　　　　마주치면 진짜 인간처럼 보여요.
　　　　　　　그러니 곰사냥만큼 짜릿한 건 없다고
　　　　　　　하는 겁니다. 이런 데를 부부가 함께
　　　　　　　오시다니 좀 유별나시네요.

남자　　　　　사람이 다치는 일은 없습니까?
　　　　　　　성질이 포악하다고 들었는데.

여인숙 주인　　인간하고 다를 게 없어요.
　　　　　　　어떤 놈은 포악하고, 어떤 놈은
　　　　　　　곰살갑지요. 그런데 참 이상하지요,
　　　　　　　그놈들 항상 뭔가를 감추고 있다는
　　　　　　　느낌이 들어요. 뭔가 다른 목적이
　　　　　　　있어서, 그렇고 그런 연기를 하고 있는
　　　　　　　것 같단 말이죠. 그러니 보이는 대로
　　　　　　　믿으면 큰일납니다. 곰한테 당하는
　　　　　　　사람들은 그걸 모르기 때문이에요.
　　　　　　　얼마 전에도 아주 무시무시한 놈이
　　　　　　　나타나서 난리가 났어요.
　　　　　　　여기저기 넋이 나가서 돌아다니는데,
　　　　　　　어떤 사냥꾼들은 그걸 죽고 싶어

15

환장한 걸로 봤던 겁니다.
무장도 제대로 하지 않고 쫓아갔다가
다들 사지가 찢겨서 죽었죠.
그놈은 살점 하나 먹지 않았어요.
다 뱉어 버렸어요.

남자는 여자를 쳐다본다.
여자는 고개를 숙인다.

남자   … 아직 근처에 있습니까?
여인숙 주인   가끔 그놈 우는 소리가 들려요.
              다음 날 올라가 보면 어김없이
              찢긴 시체가 있지요. 걱정 말아요.
              그놈 때문인지 다른 놈들은 훨씬
              순해졌다오. 순한 놈이든 포악한
              놈이든 곰을 잡으려면 인간도 연기를
              해야 하지요. 우연히 만나서 마음에는
              내키지 않지만 살기 위해 어쩔 수 없이
              싸운다는 그런 연기를 해야,
              곰이 죽어서도 원한을 갖지 않는다는
              얘기가 있어요. 사람하고 닮았다고
              하는 이유를 알겠지요? 곰사냥하기엔
              좋은 계절이지요. 부부가 함께 오시니,
              더 보기 좋습니다. 실은 내가 자꾸
              이 말을 하는 이유가 있어요.

여인숙 주인은 품 안에서 술 한 병을 꺼낸다.

여인숙 주인   올 봄에 심심풀이로 산딸기 술을
              담갔는데, 난 술을 한 방울도 못 마시는

체질이에요. 사냥꾼들에게는 내밀기
싫어서 숨겨 두었다오.
아직 밤이 많이 남았으니, 기분도 내실 겸
한 잔씩 드시오. 여기가 볼품은 없지만,
바람에도 비에도 한 번 부서진 적 없는
아주 오래된 집이랍니다.
이런 데서는 뭔가에 잠시라도 홀리고 싶은
것이 사람 마음이지요. 남자와 여자도
그런 거 아니겠소?

여인숙 주인, 술을 놓고 나간다.

남자　　　부부라고 한 거 미안해요.
　　　　　말이 많은 사람 같아서.
여자　　　전 상관없어요.
남자　　　그 좁은 동굴에서도….
여자　　　… 아무 일 없었으니까.
남자　　　확실할까요?
여자　　　아까부터 희미하게 냄새가 나요.
남자　　　위험하지 않겠어요?
여자　　　생각해 봤는데, 그의 손에 죽는 거
　　　　　말고는 방법이 없어요.
남자　　　죽는다고요?
여자　　　내가 아니면 더 많은 사람들이
　　　　　죽게 될 거예요.
남자　　　당신 잘못이 아니었어요.
여자　　　… 그런 마음으로는 아무도 용서받지
　　　　　못해요.
남자　　　이제 와서 하는 얘기지만, 이미 어긋난
　　　　　인연이에요. 지금이라도 당신의 인생을

찾는 편이 낫지 않겠어요?

여자   난 도망치고 싶지 않아요.

남자   할 말이 없네요.

여자   그동안 고마웠어요.

남자   저야말로 죽었다 살았는걸요.

여자   혼자라면 못 왔을 거예요.

남자   난 아주 멀리 갈 겁니다.
          새로운 인생을 살 거예요.

여자   … 옛날 우리 마을에선 길 떠나는
          사람에게 장례를 치러 줬어요.
          병들고 지친 몸 대신 새로 태어난 힘으로
          떠날 수 있게요.

남자   … 마지막 밤이라고 생각하니까
          좀 섭섭하네요.

여자   곧 잊게 되실 거예요.

남자   가끔 생각나겠죠. 길을 잃었다고 느낄 때.

여자   … 그 길도 길이에요.

남자, 술을 한 모금 마신다.

남자   그래요.

남자, 여자에게 술을 준다.
여자, 술을 마신다.

제6장 간이역

아침
기차역 플랫폼 벤치에 남자와 여자가 앉아 있다.

남자   어젯밤엔… 미안했어요.
        … 몸이 회복돼서 그런 건지
        진짜 술 때문인지….

여자, 고개를 끄덕인다.
남자, 당황한다.

남자   실수였다는 게 아니라…
        난 어떤 경우에도 자제력을 잃지 않아요.

여자, 고개를 끄덕인다.
남자, 당황한다.

남자   당신은 나에게 새로운 생명을 준
        사람이에요. 그런 사람에게 더러운 욕망을
        품을 순 없죠.
여자   … 저도 거부하지 않았어요.
남자   그건… 그랬던 거 같아요.
여자   제가 더 원했는지도 몰라요.
남자   아!
여자   첫 경험은 너무 갑작스러웠고,
        그 다음에도 그게 뭔지 잘 몰랐어요.

	동굴에서도 당신을 보면서 여러 번…
	상상을 했어요.
남자	전혀 몰랐어요.
여자	그걸 알게 할 재주, 난 없어요.
남자	… 그래서 어땠어요?
여자	그 순간 아기를 가진 걸 알았어요.
	전에도 이런 느낌이었거든요.
남자	아!
여자	그래서 아침이 되자마자 달려나온 거예요.
	다른 남자의 아이를 가진 채 그이를
	만날 순 없어요.

간이역의 역장이 두 사람 가까이 다가온다.
남자를 짐짓 쳐다본다.
그리고 남자와 눈이 마주치자 멈춰 선다.

역장	혹시… 맞지?
남자	아!
역장	저 끝에서부터 알아봤어.
	하나도 안 변했네.
남자	이게 몇 년 만이냐?
역장	집 떠난 지 이십 년이 넘었어.
	넌 아직 거기 살아?
남자	나도 진작에 떠났어야 했는데.
역장	언제나 적당한 건 없나 봐.
	사람들 부대끼는 게 싫어서 도망쳤는데,
	여기선 사람이 그리운 게 병이 됐어.
	혹시 아는 사람이 오지 않을까 계속
	두리번거리게 돼. 그래서 널 알아본 거야.
남자	무슨 일 해?

역장	하루 세 번 기차가 들어오면,
	형식적이지만, 깃발을 흔들어.
	인원을 감축시켜서 직접 청소까지 하고.
	그래서 이 사람도 얼마 없는 간이역에
	차표 자판기가 생긴 거야. 화장실
	청소하던 손으로 차표를 끊어 줄 순
	없으니까. 관광열차가 들어온다는 말이
	있지만, 아예 역을 없앤다는 말도 있지.
	실은 별로 관심없어. 앞으로 어떻게 되든.
	넌 어때? 널 만날 줄은 꿈에도 몰랐다.
남자	아무 말도 못하겠네. 지나간 일들은
	얘기할 게 없어. 난 앞만 보고 달려가야
	할 처지야. 그게 무엇이든.
역장	무게 잡는 건 여전하네.
남자	무게를 잡았다고?
역장	이제 완전히 생각난다. 넌 어딜 가나
	인정받는 사람이었지. 그래서 누가 널
	마음에 안 들어 하는 것 같으면 참질
	못했어. 잘 보이려고 애쓰는 꼴이
	역겹다고 욕하는 애들이 있었지. 신기하네.
	그게 언제 적 일인데 아직도 생생해.
	오해하지 마. 난 아니었어.
	혹시 나에 대해서 기억나는 거 있어?
남자	글쎄….
역장	거봐. 넌 다른 사람 신경쓰지 않았어.
	단지 너를 좋아하는지 아닌지만.
남자	그게 이유가 될까?
역장	무슨 얘기야?
남자	내가 왜 버림받아야 했는지.
역장	왜 그렇게 심각해? 어릴 때 얘기 좀

한 건데. 나야말로 하루 종일 버림받은
기분이다. 부모님도 다 돌아가셨으니,
세상에 누가 날 기억하겠어? 집에 들어가
전등을 켜면 그렇게 외로울 수가 없어.
(여자를 눈짓하며) 누구야?

여자, 고개를 돌려 남자를 향해 미소를 짓는다.

남자   응… 말하자면….

여자, 자신의 배를 감싸 안는다.

역장   혹시….

여자, 구역질을 한다.
역장, 악수를 청한다.

역장   늦었지만 축하한다.

제7장 여자친구

카페
여행 가방을 옆에 둔 여자친구와 남자.

남자　　　　　얘기가 길어져서 미안.
여자친구　　　괜찮아.
남자　　　　　아직 시간 있는 거지?
여자친구　　　(시계를 보며) 계속해.
남자　　　　　우린 기차를 타고 그곳을 나왔어.
　　　　　　　친구는 깃발을 흔들어 주었지.
　　　　　　　아내는 손을 흔들었어.
　　　　　　　기차는 고향을 지났지만 내리지
　　　　　　　않았어. 아내도 그랬을 거야.
　　　　　　　아주 멀리 가야 한다고 생각했어.
　　　　　　　되돌아갈 수 없는 곳.
　　　　　　　앞으로만 달려가야 하는 곳.
　　　　　　　… 거기서 아빠가 됐어.
여자친구　　　… 늦었지만, 축하해.
남자　　　　　모르겠어. 그게 진짜 축하할 일인지.
　　　　　　　너무 내 얘기만 했다. 이번 여행은
　　　　　　　어땠어? 또 골치 아픈 일 있었던 건
　　　　　　　아니지?
여자친구　　　교통사고 나서 병원에 입원하고,
　　　　　　　도둑으로 몰려서 잡혀 가고,
　　　　　　　아주 멋진 집을 발견해 거기
　　　　　　　눌러앉을까 심각하게 고민했지.

	이제 어딜 가든 다 같은 곳으로 느껴져.
	이번이 마지막이라는 생각으로
	버틴 거야.
남자	전에도 그렇게 말했잖아.
	이번이 마지막이라고.
여자친구	돌아오면 너와 결혼할 줄 알았는데.
남자	… 나도 기다렸어.
여자친구	잘된 일인지도 몰라. 떠나기 위해서.
남자	꼭 가야 돼?
여자친구	우린 참 오래 만났지. 친구로, 연인으로.
	다른 사람은 다 변해도
	너만은 늘 내 곁에 있어 줬어.
	너한테 엽서를 보낼 때마다
	내가 돌아갈 곳이 있다는 생각에
	더 멀리 갈 수 있었지.
	이젠 돌아올 필요 없겠지만.
남자	… 우리가 만나지 못할 이유는 없어.
여자친구	어떤 여자일까 궁금해.
남자	나도 몰라.
여자친구	그래?
남자	그 사람은 한 번도 뭔가를 강요하지
	않았어. 내가 알아서 하게 돼.
	더 좋은 사람이 되야겠다는
	생각이 들어. 진심이 아니라고 해도.
여자친구	넌 훌륭한 선택을 한 거야.
	친구로서 자랑스러워.
남자	분명히 사랑은 아니야. 널 처음 만났을
	때부터 지금 이 순간까지 날 설레게
	하는 그런 건 없어.
여자친구	그건 내가 자꾸 떠나려고 하는

	사람이라서 아닐까?
남자	… 미안해. 아무렇지 않게 말하려고 했는데.
여자친구	그 여자를 사랑하는 게 아니라면 나한테 미안해하지 않아도 돼.
남자	알잖아. 나한테는 너밖에 없어.
여자친구	그만 일어나야겠다. 공항 가기 전에 출판사하고 얘기할 것도 있고.
남자	네 엽서, 항상 언젠가 같이 오자 그렇게 써 있었지. 그날을 기다렸어.
여자친구	여행하는 거 싫어했잖아.
남자	지금은 어디든 가고 싶어. 도망치고 싶어.

제8장 아이

밤. 그들의 작은 집
여자가 아이를 재운다.

여자   눈이 더 커졌네. 무슨 소릴 듣고 있어?
               어디 멀리 가 있는 것 같네.
               뭘 찾는 거야? (노래하듯이) 옛날 옛날에
               한 사람 길을 잃었대, 떠난 곳이 어딘지,
               갈 곳이 어딘지도 잊어버리고 꿈에 본 길
               같은 그 길을 하염없이 걸었대,
               스무 개 산 넘고 열 길 물 건너도
               길은 멈추지 않네, 그 한 사람 아직도
               걷고 있대, 저 멀리 마을의 불빛을 따라서.

여자, 아이 곁에서 잠이 든다.
잠시 후, 남자가 들어온다.
잠든 아이의 얼굴을 바라본다.
여자, 일어난다.

여자   언제 왔어요?
남자   어디 아픈 건가? 땀을 많이 흘리는데.
여자   겨우 잠들었어요.
남자   그 심정 이해해. 마지막이 제일 힘들어.
               집으로 돌아오는 일 같은 거.
여자   하루 종일 먹이고 씻기고 재우고.
               시간이 어떻게 가는지 모르겠어요.

남자	오늘도 '불만족'이 나왔어. 멍청한 년들이 기계는 저희들이 고장내 놓고 서비스 기사를 만나면 분풀이를 해대. 복사하고 커피 심부름이나 하는 년들을 공주처럼 떠받들어야 한다고.
여자	날마다 전쟁을 치르는 거 같아요. 이게 이렇게 어려운 일이었나 싶어요.
남자	조금이라도 신경을 거스르면… 손톱에 때가 끼어 있다든가, 땀 냄새가 난다든가, 아니면 지들 볼 것도 없는 다리를 쳐다봤다고, 벌레 한 마리 죽이는 것보다 더 쉽게 서비스 불만족 판정을 내린다니까. 기계를 만지다 보면 손톱에 때가 안 낄 수가 없어. 칫솔을 들고 다니면서 씻어도 다 지울 수가 없다고. 땀 냄새가 나는 것도 당연하지. 그리고 쭈그리고 앉아서 일하다 보면, 그년들 다리하고 말을 해야 돼. 그걸 보는 게 아니라!

여자, 가제 수건으로 아이의 얼굴을 닦아 준다.

남자	불만족이 나올 때마다 열 장이나 되는 경위서를 써야 해. 그래야 집으로 올 수 있어.
여자	어쩌면 얘는 다른 걸 바라는 거 같아요.
남자	다른 게 뭐 있어? 지가 뭘 알아서!
여자	말은 못하지만 다 알고 있는지도 몰라요. 아니, 다 알고 있기 때문에 말을 안 하는 거 아닐까요?

남자	말이 느린 건 확실해. 회사 사람들이 그러는데, 보통 이 정도 개월 수면 말도 잘하고, 노래도 하고, 애교가 장난 아니라는데.
여자	지금도 예쁘잖아요.
남자	날 닮은 건가? 말을 못했단 소린 못 들었는데. 당신은 어땠어?
여자	혼자 있는 게 좋았어요. 누가 불러도 일부러 못 들은 척하고…
남자	당신이 애교 있는 성격은 절대 아니지.
여자	내가 싫어요?
남자	알면서 왜 그래? 우린 그걸 생각하고 만난 사이가 아니잖아.
여자	당신은 잘 안아 주지 않아요. 웃어 주지도 않아요. 자꾸 그런 생각이 들어요. 날 좋아하지 않기 때문에 이 아이도 사랑스럽지 않은 건지.
남자	내가 어떻게 사는지 몰라서 그래? 하루 종일 얼굴에 마비가 오도록 웃으면서 경리 년들에게 알랑거려야 하는 내가 어떻게 웃을 수 있겠어?
여자	가끔은 전혀 모르는 사람 같아요.
남자	그럼 내가 왜 밤마다 여기 오는 걸까? 배차 간격이 사십 분이나 되는 버스를 기다리면서?
여자	옛날에 그이는 아이를 등에 매달고 다녔어요. 아이는 아주 어릴 때부터 그의 목에 팔을 감을 줄 알았죠. 둘이서 어디든 갈 수 있었어요. 그 좁은 동굴 안에 산과 바다,

푸른 초원과 끝없는 사막이 다 있었어요.
어디에 있든 아이는 넘어갈 듯이
웃었어요. 그리고 늘 그이의 배 위에서
잠이 들었어요.

남자   … 나보고 그렇게 하라고? 그놈을
        본받으란 말이야? 나보다 훨씬 나으니까?

여자   (아이를 바라보며) 우리 아이도 그렇게
        웃었으면 좋겠어요. 한 번이라도 그렇게
        잠들었으면 좋겠어요.

남자   … 그 시절이 아무리 좋았어도,
        당신은 짐승한테 짓밟혔고,
        그 아인 사람이 아니었어. 왜 가장
        끔찍했던 순간을 미화시키려고 애쓰지?
        그게 어떤 감동을 주는데?
        아무리 현실이 마음에 안 들어도
        이렇게 사는 게 인간이야. 짐승이 되지
        않으려고 발버둥치는 게 인간이라고!

여자   … 아직도 그이가 어디선가 보고 있는
        것 같아요. 사람들 틈에서 그이 냄새가
        나요. 아무도 없는 골목 끝에서 숨소리가
        들려요. 왜 다가오지 않고 보고만
        있을까요? 뭘 기다리고 있을까요?

남자   당신은 변하지 않았어. 어디를 가든
        냄새를 맡고, 귀를 세우는 그 습성
        그대로야. 내가 애한테 다정하지 못한 게
        불만이라고 했지? 그 말이 맞을지도 몰라.
        애를 볼 때마다 느끼는 건데,
        … 그날 밤의 나는 내가 아니었던 거
        같아. 창밖을 두드리던 바람 소리,
        멀리 짐승의 울음소리 다 기억나는데,

	그때 내가 뭐였는지 잘 모르겠어.
	기억하기 싫은 건지도 모르지.
	그게 나였다고 인정하기 싫어서.
여자	그닐 밤은 조용했어요. 아무 소리도
	들리지 않았어요. 우리가 다 가진 것처럼.
남자	지금 와서 그게 무슨 상관이야?
	난 당신과 아기를 위해서 내 모든 걸
	포기했어. 이 한 몸 감당하기도 벅찬 놈이
	한 가정을 짊어지고 있다고. 얼마든지
	도망칠 수 있었지만, 가지 않았어.
	이건 아무나 할 수 있는 일이 아니야.
	그러니까 내 말은 아주 조금이라도 고맙게
	생각하라는 거야.
	무슨 말인지 알아?

남자, 쓰러져 잠이 든다.
여자, 그 모습을 지켜본다.

암전

제9장 이웃 남자

한 노인이 병원용 침대에 누워 있다.
여자, 그 옆에서 걸레질을 하고 있다.

여자   더 필요한 거 있으면 말씀하세요.

노인   아줌마가 자꾸 바뀌니까 힘들어요.
        월급 잘 드릴 테니 오래 있어 줘요.

여자   아이 맡기고 하는 일이라
        다른 일은 못해요.

노인   약속해요. 아줌마 일하는 게
        맘에 들어서 그래요.

여자   제가 무슨 힘이 있어요. 아저씨 마음에
        안 들면 못하는 거죠. 저도 그 정도는
        알아요.

노인   아줌마 없으면 나 죽어요. 죽으면 아무도
        몰라요. 내가 약자예요.
        조금만 더 있다 가요. 외로워서 그래요.

여자   … 오래는 못 있어요.
        아이 데리러 가야 해서.

노인   평생 일만 시키고 버렸어요. 이젠
        쓸 일이 없대요. 내 곁에 있어 주겠단
        사람이 없어요. 물 한 잔 떠다 줄 사람이
        없어요. 말 한 마디 거들어 줄 사람이
        없어요. 내가 죽기만 기다려요.
        아니 죽든 말든 상관이 없어요.
        차라리 누가 날 죽이고 싶을 정도로

	미워했으면 좋겠어요.
여자	왜 그렇게 무서운 말씀을 하세요.
노인	이게 무서워요? 내가 하루 종일 여기 누워
	무슨 생각 하는지 알면 까무러치겠네요.
여자	… 무슨 생각을 하시는데요.
노인	평생 내 피를 빨아먹으며 살았던 연놈들을
	하나씩 부르는 거예요. 오지 않을 수
	없는 이유를 만드는 거예요. 내가 유산을
	남겨주려고 하는데, 사인이 필요하다고
	부르면 오지 않겠어요? 한 천만 원씩
	준다고 하면? 내가 침대에 누워 꼼짝도
	못하는 신세라는 걸 알 테니, 마음 놓고
	올 거예요. 그럼 난 쉰 목소리로 너에게만
	줄 것이 있다고 그들을 가까이 오게
	해서는, 순식간에 목을 물어뜯고
	피를 빨아먹을 거예요. 마지막
	한 방울까지. 그것만이 내 생명수예요.
	다른 약은 필요 없어요.
여자	… 그런 생각 하시면 몸에 해로워요.
노인	안 할 수가 없어요, 외로우니까요.
	점점 괴물이 되는 거 같아요.
여자	제가 오래오래 올게요. 약속할게요.

노인, 여자를 잠시 바라본다.
여자, 침을 삼킨다.

노인	여자는 약속을 할 때 제일 예뻐요.
	눈은 빛나고 얼굴은 달아오르는데,
	다문 입에선 '날 믿을 수 있어요?'란 말이
	튀어나올 것 같아요. 여자의 약속을 믿는

놈은 바보예요. 남자란 하고많은
것들 중에서 제일 약한 것을 믿는
바보들이지요. 여자들은 약속을 하고
뒤돌아서서 그 약속을 깨트릴 구실을
찾아요. '그건 내가 원한 게 아니었어요'
하면서 울며불며 호소하는 것이 가장
진실된 모습이지요.
여자의 약속은 익어 가는 열매처럼
떨어지기 마련이에요. 그땐 무엇이든
버릴 수 있는 게 여자요. 돌아올 수
없는 길을 떠나는 게 여자라니까.
여기 일하러 오는 여자들도 그랬어요.
내가 얼마나 잘해 줬는데, 말 한 마디
없이 떠나 버렸어. 나 혼자 꿈을 꾼
것처럼 연기처럼 안개처럼 사라져
버렸다니까. 그러니 우린 아무 약속도
하지 맙시다. 버림받는 일도 없을 테니.

여자 　　… 옛날에 그런 일이 있었어요.
　　　　…버리고 떠나왔어요. 너무 어려서
　　　　바보 같았어요.

노인 　　아무리 어려도 자기에게
　　　　이로운 선택을 하지요. 인간은.

여자 　　… 그래서 더 미안해요.

노인 　　당신 같은 여자를 보면
　　　　애가 닳아 미치겠어.

여자 　　다신 그러지 않을 거예요.
　　　　아무도 버리지 않을 거예요.

노인 　　난 큰 걸 바라지 않아요.

여자 　　필요한 게 있으면 말씀하세요.
　　　　제가 할 수 있는 일이면….

33

노인	그 마음 하나면 할 수 있는 일이지만,
	내가 얻을 수 있는 행복은
	그 이상이에요. 그러니 돈을 더 줄게요.
	사양하지 말아요.
여자	더는 필요없어요. 일하고 있다는
	것만으로 얼마나 안심이 되는데요.
	남편한테는 아직 말 안 했어요.
	남 시중드는 일 좋다고 할 것 같지가
	않아서요. 그 사람이 가져다주는
	돈만으로는 살림하기가 어려워요.
	얼마나 힘들게 일하는지 아는데,
	뭐라고 할 수도 없고. 카드빚 좀 갚고
	나면 조금이라도 저금을 하려고요.
	적금 통장 하나 만들어 남편한테
	내밀고 싶어요.
	아직 멀었지만, 이런 생각까지 할 수
	있다는 게 얼마나 감사한지 몰라요.
	지금으로도 충분해요.
노인	돈이란 그 일의 가치를 정확하게 알게
	해주지요. 남편보다 믿을 수 있어요.
	남편이 아주 좋아할 거예요.
여자	무슨 일인데요?
노인	별거 아니에요. … 나를 좀 달래 줘요.
여자	달래요? 어떻게요?
노인	이 병들어 아픈 몸을 보고만 있지
	말고, 어루만져 줘요. 따뜻한 손길로
	만져 줘요. 가엾은 짐승이라 생각하고.
	잠시만 쓰다듬어 줘요.

여자, 망설인다.

노인	몸이 아픈 건지, 마음이 아픈 건지
	잘 모르겠어요. 배신자들의 목을 뜯어
	피를 마신다고 낫는 게 아니라는 건
	알아요. 하루에도 수십 번씩
	다시 살고 싶다는 생각을 해요.
	이렇게 죽을 순 없다고. … 사람이
	그리워요. 내가 죽지 않기를 바라는
	사람이요. 내가 살고 싶다는 꿈을
	꿀 수 있게 할 한 사람의 마음이요.
	평생 한 번도 그런 생각 한 적 없는데,
	지금 벌 받나 봐요.

여자, 천천히 노인의 곁에 앉아
노인의 등을 조심스럽게 어루만진다.
노인, 눈을 감는다.
여자, 미소 짓는다.

여자	우리 엄마가 옛날에 그랬어요.
	사람이 아프면 착한 사람이 된대요.
	착한 사람이 되려고 아픈 거래요.
	더 착하게 살려고 아픈 거니까,
	아저씬 죽지 않을 거예요.
	이렇게 예쁜데, 더 좋은 세상에서
	살아야지요. 세상엔 아파도 아픈 줄
	모르고 사는 사람들이 많아요.
	참을 수 있다, 모른 척하자 이러면서요.
	그런 사람들 눈엔 세상 모든 게
	흥하게 보여요. 살아있어도 죽은 거나
	마찬가지예요.
노인	… 그건 어디서 들었어요?

여자	집에서 애만 키워도 알아요.
	살아있는 게 뭔지, 죽은 게 뭔지.
노인	… 살고 싶어.

노인, 여자의 손을 잡는다.
여자, 노인의 손을 잡아 준다.

여자	곧 일어나실 거예요.

노인, 여자의 손을 끌어 자신의 몸을 만진다.
자신의 깊숙한 곳으로 여자의 손을 이끈다.
여자, 놀라 손을 뿌리친다.

여자	… 죄송해요.
노인	뭐가?
여자	가봐야겠어요.
노인	왜? 애 때문에?
여자	아저씨… 아프지 않은 사람 같아요.

노인, 거뜬히 일어선다.

노인	알면서 왜 그래? 네가 이렇게 만들었잖아.
	조곤조곤 귓가에 속삭이고,
	만지작만지작 달아오르게 했잖아.
	손놀림이 장난 아니던데. 감각 있어.
여자	… 전 그런 여자 아니에요.
노인	그런 여자, 안 그런 여자가 따로 있나?
	똑같은 여잔데.
여자	… 보내 주세요.
노인	계속 연기할 거야? 아니면 눈치가

없는 건가? 내가 왜 돈을 더 준다고
했겠어? 남자가 여자한테 원하는 게
뭐겠어? 너도 돈 때문에 내 몸에 손댄
거잖아? 다 죽어 가는 남자 몸에.

여자   … 정말 아프신 줄 알았어요.

노인   … 아픈 건 맞아. 아니면 왜 여기 누워서
너 같은 여자를 기다리며
재미 볼 생각이나 하겠어?
세상에 여자가 얼마나 많은데.

여자   … 불쌍한 사람인 줄 알았어요.

노인   내가 바란 게 그거야. 남자와 여자 사이에
그거 이상은 없어. 불쌍하다고 만져 주는
거. 너나 나나 그래. 그러니 우리 체면
차리지 말자고. 여긴 우리 둘뿐이고.
사람들은 내가 반신불수라고 알고
있으니까. 의심할 사람 아무도 없을걸.

노인, 여자를 침대에 눕히려 한다.
여자, 몸을 피한다.

여자   전 남편도 있고, 아기도 있어요.

노인   아무도 몰라. 더 나쁜 짓을 해도 괜찮아.

노인, 완강한 힘으로 여자를 침대에 눕힌다.

노인   우습게 알지 마. 널 들어올릴 힘 정도는
있어. 아! 난 남편 있는 여자가 좋아.

노인, 여자를 애무한다.

여자   … 그이는 혼자 울고 있을 거예요.
               전에는 무서웠는데, 이젠 가엾어요.
               아무것도 가질 수 없는….

여자, 노인을 뿌리치고 일어난다.
안심하고 있던 노인은 넘어진다.

여자   내가 짐승이 된 것 같아요.

노인, 일어선다.

노인   이 여자야, 그게 정상이야.
               이리 오지 못해?
여자   아직은 안 돼요.

여자, 도망쳐 나간다.

암전

제10장 순수 박물관

여자친구로부터 편지가 온다.
그녀는 좁고 어두운 박물관 복도를 거닐고 있다.

여자친구   언젠가 넌 물었지.
왜 자꾸 떠나려 하냐고.
내가 뭐라고 대답했는지
기억나진 않지만,
속으로 어떤 생각을 했는지는 알아.
… 처음엔 일을 하기 위해서였어.
당장 떠날 수 있는 사람은
나밖에 없었으니까.
시간이 갈수록 분명해졌지.
난 그곳에서 밀려난 사람이었어!
폭풍우 속에 부서진 파편 하나가
아주 멀리 떠내려온 것처럼
난 돌아가지도 못하고,
또 다른 곳을 찾지도 못한 채
부서진 채로 떠돌아다니고 있었지.
낯선 곳에서 눈을 뜰 때마다
내가 얼마나 남아 있는지
헤아려 보곤 해.
사람은 대체 얼마나 더 부서져야
사라지는 것일까.
가끔은 온전히 나였던 시절도
있었을까 생각해.

그럼 언제나 나를 바라보던
너의 눈빛이 떠올라서 웃어.
넌 눈부신 것을 보는 것처럼
나를 보았고,
그렇게 오랫동안 내 곁에 있었지.
… 마지막으로 너를 만나고 돌아와
가장 멋지게 너와 이별할 수 있는 곳이
어딜까 생각했어.
모든 협곡과 호수, 시장과 골목을
다니며 그곳을 찾았지.
그리고 몇 년 전에 별 감흥 없이
지나갔던 박물관이 떠올랐어.
한 남자의 일생을 가로지른
한 여자의 흔적을 모은 곳이야.
여자가 피웠던 담배꽁초며,
귀걸이 하나, 사랑을 나눴던 침대 시트,
메모지와 연필, 여자를 지켜보았던
창문틀까지. 남자는 그곳을
'순수 박물관'이라고 이름 붙였어.
사실 그 남자와 여자는
세상에 존재하지 않아.
작가는 자신의 소설처럼, 거짓이
진실보다 아름답다는 얘기를 하기
위해서 환상을 실재로 만든 것뿐이야.
영리한 작가 선생은 우리가 누군가를
사랑할 때 들뜨는 이유가 순수에 대한
열망 때문이라고 말하는 것 같아.
…… 우린 오랫동안 그걸 몸소
실천했지.
그 가로등 길목에서 넌 뜨거운

캔 커피 두 개를 주머니에 넣고서
기다렸고, 우린 동네를 몇 바퀴씩
돌면서 이야기를 나눠도 늘 부족했어.
언젠가 서로에 대한 책을 써 주겠다고
약속도 했지. 너에 대해 나만큼
아는 사람은 없을 거라고.
그리고 서로의 빈 캔을
버려 주겠다면서 헤어졌지.
나중에 우린 무슨 무용담처럼
방 한쪽에 쌓아 놓은 빈 커피 캔들
때문에 혼이 났다는 얘기를 했어.
호출기에 가득찼던 너의 목소리,
노트를 빌려줄 때마다 붙어 있던
분홍색 포스트잇, 함께 갔던
카페의 성냥갑…
누가 가르쳐 준 것도 아닌데,
우린 서로의 흔적을 모았고,
서로의 뒷모습을 더 많이 보려고 했지.
내가 아는 너, 네가 아는 나
아무도 모르는 우리의 세상.
너를 떠올리고, 편지를 쓸 때마다
누군가 아무리 날 부수고 밀어내도
결코 빼앗을 수 없는 나만의 세상이
있다는 걸 믿었어.
지금 우리의 순수 박물관은
어디에 있을까.
세상에 없는 남자와 여자처럼,
우리의 세상도 처음부터 존재하지
않았던 것일까?
…… 안녕.

제11장 직장 생활

남자의 회사, 사장실
남자와 사장이 마주 앉아 차를 마신다.
테이블엔 남자에 관한 서류가 있다.

사장   잘되는 회사일수록 사장하고 직원들
          사이가 좋더군. 나도 흉내 좀 내보려고
          직원 면담을 시작했지. … 집이 멀어서
          힘들겠어.

남자   … 직행버스가 있습니다.

사장   편하게 얘기해. 자네와 좀 더 친해지고
          싶은 거니까.

남자   … 야근할 때마다 불안해지는 건
          있습니다. 차가 끊어지면….

사장   어떻게 하지?

남자   … 찜질방에 갑니다.

사장   나도 젊을 땐 집에 못 들어가는 날이
          많았지. 우리 훨씬 친해진 것 같군.
          와이프는 어때? 잔소리 많이 안 하나?

남자   와이프한테 미안한 게 많죠.
          애가 둘인데, 전혀 도움이 안 되니까요.

사장   행복한 비명이야. 집사람도 옛날엔
          힘들어 죽겠다고 하더니, 애들
          다 키워 놓으니까 그때가 좋았대.

남자   첫째 좀 키워 놓고 일을 시작하려고
          했는데, 둘째가 생겨 버렸습니다.

입덧을 심하게 해서 집에서
꼼짝도 못하고 있습니다.

사장   입덧은 잠깐 지나는 거 아닌가?

남자   다음 달이 산달인데, 아직도 음식 냄새뿐
         아니라 거의 모든 냄새에 구토를 합니다.
         물에서도 냄새가 난다고 할 정도예요.
         밖에선 더 지독한 냄새가 난다고
         나가지도 못합니다. 집에 들어가면
         큰애는 배고파 울고 있고,
         아내는 멍하니 천장만 보며 누워 있습니다.

사장   그 정도면 입원이라도 시켜야지.

남자   내일은 괜찮아질 거라고 그러는 바람에….

사장   꽤 예민한 사람인가 봐.

남자   전혀요. 남보다 둔한 사람입니다.
         곰같은 여자예요.

사장   그런 상황에서 일하려면 힘들겠군.

남자   … 불안합니다. 매일 벼랑 끝으로
         밀려나는 기분입니다.

사장   그건 누구나 그래.

남자   사장님 앞에서 제가 별 이야길 다하네요.

사장   인생의 선배라고 생각해. 지금이 아무리
         힘들어도 누군가 지나간 길이지.
         자넨 밀려나는 게 아니라
         한 걸음씩 앞으로 가고 있는 거야.

남자   … 그렇게 믿고 살기에는 이해할 수 없는
         일들이 너무 많습니다. 열심히 일하면
         할수록 손해 보고 있다는 생각이 듭니다.

사장   그런 생각은 위험한데.

남자   사장님의 눈을 속이는 사람들이 더
         인정받고 있으니까요.

사장	내 눈을 속여?
남자	누구보다 열심히 일하기 때문에 아는 것이 있습니다. 사장님이야말로 얼마나 위험한 상황인지 아셔야 합니다.
사장	내가 모르는 게 뭐지?
남자	회사가 통째로 날아갈지도 모릅니다. 저를 믿어 주신다면 사장님의 눈과 귀가 되어 드리겠습니다.
사장	그런 말을 들으면 쉽게 지나칠 수가 없지. 대가로 뭘 바라나?
남자	그들이 아니라 사장님을 위해 일하고 싶은 겁니다. 무엇을 주시든 감사히 받겠습니다.
사장	직원 면담은 자네가 처음이자 마지막이야. 자네가 어떤 인간인지 궁금했거든.
남자	… 무슨 말씀이신지.
사장	사람은 최악의 순간일수록 옳은 길을 가려고 애써야 돼. 운이 나쁜 상황에서는 사소한 실수도 치명적인 결과를 가지고 오거든. 그런데 어떤 인간들은 더 나쁜 선택을 해서 절대로 회복할 수 없는 상태가 되기도 하지. 그건 그 사람이 정말 운이 없거나 아니면 타고난 본성 자체가 나쁘기 때문이야.
남자	누구 얘기를 하시는 겁니까?
사장	얼마 전에 한 친구를 만났는데, 우리 회사의 기밀 자료와 고객 정보를 팔겠다는 사람이 찾아왔다고 하더군. 나에 대한 나쁜 소문까지 옮기면서 욕까지 했다는 거야. 그놈은 우리 둘이 친구라는 걸 몰랐던 거지. 자네 얘기를

	들으니 그게 자네라는 게 확실해지는군.
	왜 그런 짓을 하지?
남자	오햅니다. 제 얘기도 들어 주십시오.
사장	실은 그 친구와 난 몇 년간 등을 돌리고
	살았어. 같은 시장을 두고 경쟁하느라
	오해도 있었고. 우습게도 자네가 설친
	덕분에 우정을 회복할 수 있었지.
	우리가 적어도 너보다는 나은 인간이어야
	하지 않겠나?
남자	… 무서운 말씀이시네요.
사장	우린 웃으면서 결정했네. 처벌하지 않기로
	말이야. 원한다면 계속 근무를 해도 좋아.
	그 회사로 옮겨도 좋고.
	다만, 네가 어떤 인간인지 세상이
	다 알게 되었으니, 앞으로는 사는 게
	더 힘들어지겠지. 고개를 납작
	숙여야 할 거야. 무슨 말인지 알겠나?
남자	… 전 그저 잘해 보고 싶었던 것뿐입니다.
사장	와이프한테나 잘해. 너 같은 남자에게
	의지하고 사는 게 불쌍하지 않아?
	애들한테 좋은 아빠라도 돼 봐.
	그리 어려운 일 아니야. 최악의 상황에도
	곁에 있어 줄 수 있는 건 가족뿐이야.
남자	… 제가 왜 이렇게 됐을까요?
사장	그걸 내가 어떻게 아나?
남자	좀 알려 주십시오. 부탁입니다.
	인생의 선배라면서요.
사장	누가 선배야? 꺼져, 새끼야.
	너 같은 인간 꼴도 보기 싫어.

제12장 그리운 고향

그들의 집
여자는 갓난아기를 안아 재우고 있다.
여자의 엄마가 들어온다.

여자   아기는 잠든 모습이 제일 예뻐요.
            아주 오래된 말을 하는 것 같아요.
            알아들을 수 없는 말이오.
            세상의 모든 비밀을 담고 있는 말이오.

엄마   제발 엄마 말 들어.

여자   아무리 보고 있어도 질리지가 않아요.
            사는 게 얼마나 힘들기에 이런 평화가
            있는 걸까요? 사람이 이렇게 예쁘다는 걸
            알면 세상에 죄짓는 사람도 없을 거예요.

엄마   잘못하면 네가 죽는다.

여자   배냇짓하는 거 좀 보세요. 이걸 볼 때마다
            생각해요. 이 모습을 한 번도 보지 못한
            사람이 있다면 정말 불쌍한 사람이라고요.
            얘가 뱃속에 있을 때 많이 힘들었어요.
            그런데도 이렇게 웃고 있었던 거잖아요.
            내 잘못을 다 씻어 주는 거 같아요.

엄마   하루 종일 무슨 소릴 지껄이고 있는 거니.
            당장 떠나자. 더 늦기 전에 집으로 가자.

여자   무슨 말씀이에요. 나한테 집이
            또 어딨어요?

엄마   예전에 널 짐승이라고 하던 사람들

	다 떠났어. 지금이라면 네가 무엇이라도
	거기서 살 수 있다. 다시 엄마랑 살자.
	봄이면 산딸기 따고, 가을이면 떡을
	빚으면서.
여자	아무리 그리워도 돌아갈 수 없는
	시절이에요. 난 너무 멀리 왔어요, 엄마.
엄마	엄마가 있으니 갈 수 있는거야.
	한 번도 널 보낸 적 없어.
	넌 아직 내 품 안에 있다.
여자	여기가 내 집이에요. 남편도 있고,
	애들도 있는 게 보이지 않으세요?
엄마	이 컴컴한 데가 집이라고? 마누라도
	자식도 돌보지 않는 놈이 네 남편이라고?
	엄마 말 들어. 넌 곧 버림받을 거다.
	예전에 그 곰처럼 너도 다 빼앗기고
	버림받게 될 거야. 그 전에 떠나야 해.
	네가 먼저 버리고 가야 해. 그래야 살아.
	다시 시작할 수 있어.
여자	이렇게 예쁜 애들이 있잖아요.
	나는 보기 싫어도 애들이 보고 싶어
	올 거예요. 혼자서 매일매일 힘들게
	일하다 보면 도망치고 싶은 마음이
	드는 게 당연해요. 그래도 꼭 돌아올
	거예요. 우리가 기다리고 있다는 거
	알아요.
엄마	… 너도 곧 알게 되겠구나.
	인간을 사랑한 대가가 어떤 것인지.

엄마, 사라진다.

여자 세상에 잘못 태어나는 아이는 없어요.
그러니까 난 떠날 수 없어요, 엄마.

제13장 가정생활

형광등을 켠 듯 남자가 서 있다.
여자와 두 아이가 잠든 모습을 바라본다.
여자가 깨어난다.

여자   언제 왔어요?
남자   여전해. 굴 속 같은 것이.
여자   며칠 치우질 못했어요.
남자   (잠든 아이들을 보며) 그새 컸네.
여자   둘째라 그런지 애교가 많아요.
        눈만 마주쳐도 웃어요.
남자   혼자 많이 힘들었지? 일이 너무 많았어.
        하루 종일 김밥 한 줄로 때우면서
        매일 야근까지 했어.
여자   저녁 차릴까요?
남자   괜찮아. 오늘은 좀 먹고 왔어, 사장님하고.
        회사가 어려워져서 직원들을 거의
        내보냈거든. 능력 있는 사람 몇 명만
        남기고. 하루에 출장을 오십 군데도 넘게
        나가. 틈틈히 콜센터 안내도 해야 되고.
        돌아오면 그날 처리해야 될 서류가
        산처럼 쌓여 있어.
여자   내가 힘이 못 돼서 미안해요.
남자   젊은 남자들도 쫓겨나가는 판에 당신이
        무슨 일을 하겠어? 집 밖에 나가는 것도
        무서워하는 사람이.

여자	좋아지고 있어요.
	내일은 괜찮아질 거예요.
남자	… 난 말이야. 계속 동굴 속에 갇혀 있는
	기분이 들어. 어디를 가도 그래.
	세상에서 내가 점점 사라지는 거 같아.
	가끔 내가 어떤 사람이었는지, 뭘 하고
	싶어 했는지 생각해. 시간이 흐르면
	뭐든 될 거라 믿었던 막연한 희망이 있던
	시절의 나 말이야. 그런데 그때마다
	내 발목을 잡는 게 뭔 줄 알아? 여기에
	너와 아이들이 있다는 사실이 떠오르면
	몸이 굳어버려. 굵은 쇠사슬에 묶여
	있는 것 같아. 세상에 태어나 단 한 번도
	뭔가가 되어 보지 못한 내가 왜 평생
	너희들을 위해서 살아야 할까? 살아있는
	것도 아니고 죽은 것도 아닌, 벌을 받고
	있는 거 같아.
여자	어서 쉬어요.

여자, 남자의 이불을 깔아 준다.

남자	내가 이런 얘길 할 때마다 넌 입을
	닫아 버리지. 계속 갇혀 있는 기분이
	드는 건 그래서야. 분명히 너도 할 말이
	있을 텐데… 생활비를 가져다주지 않아도
	한 번 재촉하지 않아. 며칠씩 외박하고
	들어와도 넌 아침에 본 사람처럼 대해.
	그럼 난 네 앞에 엎드려 울면서 참회라도
	해야 될 것 같은 기분이 들어.
	내가 얼마나 형편없는 인간인지 고백하고

싶어져. 앞으론 그렇게 살지 않겠다고,
더 나은 사람이 되겠다고 약속하고
싶어져. 다 무슨 소용이야! 내일은
오늘보다 훨씬 나빠질 텐데. 그리고 ⋯⋯
불을 끄면 넌 내 몸을 만지기 시작하지.
맹세코 날 위로하기 위해서가 아니야.
참아 왔던 네 욕정을 채우기 위해서.
아니라고 한 마디만 해봐. 손모가지를
꺾어 버릴 테니까. 내 몸이 약간이라도
반응을 보이면, 넌 그야말로 한 마리
짐승처럼 날 가지고 놀지.
내가 무슨 힘이 있어? 그저 너에게 바쳐진
살아있는 제물. 네가 이끄는 대로,
아무 일도 없었던 것처럼, 나 역시 한 마리
짐승이 될 수밖에. 네가 굵은 신음 소리를
낼 때마다 얼마나 비참한 기분이 드는지
알아? 아무리 잘난 척해 봐야,
아무리 발버둥 쳐 봐야, 이 짓 말고는
할 수 있는 게 없는 짐승.

남자, 여자를 거칠게 눕히고 범한다.

남자   무슨 생각 해? 멍하니 눈이 풀려서.
        옛날 그 곰 남편 생각하나? 분명히
        나보다 나았겠지? 모든 면에서 나은
        놈이니, 이 짓이야 두말할 필요 없겠지.
        그렇지? 넌 나에게서 그놈을 보고 싶은
        건지도 몰라. 그놈을 상상하면서,
        그놈의 느낌을 찾고 싶었던 거 아니야?
        그러니 너한테 나도 인간이라고 말하는

내가 정신 나간 놈이지.
내가 왜 여기 있는 거지?
확실히 알겠어. 그때, 네 동굴에
들어갔을 때, 즉시 도망쳐야 했어.
절벽에서 떨어져 죽는 한이 있어도.

남자, 여자에게서 떨어진다.

남자   비밀 하나 말해 줄까? 일하느라
바빴다는 말, 거짓말이야. 회사 그만뒀어.
질 나쁜 놈이라고 찍혔거든. 도망쳤어.
죽어도 혼자, 살아도 혼자이고 싶어서.
그런데 아무리 멀리 가도 뒤돌아보면
네가 있어. 두 아이를 끼고 누워
입을 벌린 채 잠든 네 얼굴이 보여.
어떻게 하라는 거지? 초인적인 힘이라도
발휘해서 내가 원하지도 않은 인생을
살아야 하나? 옳고 그름을 따지지 마.
나도 한 번뿐인 인생이야. 도망칠 거야.
끝까지!

암전

제14장 다른 기차역

일가족이 플랫폼 벤치에서 기차를 기다린다.
여자는 아이를 업은 듯 서 있고, 남자는 눈에 보이지 않는
한 아이와 함께 앉아 있다.
간단한 짐이 있다.
전날의 역장이었던 역무원이 다가온다.

역무원	맞네!
남자	아.
역무원	(여자에게) 안녕하세요. 저 기억나세요?
여자	(반갑게) 안녕하세요.
역무원	가족이 더 늘었네요. 보기 좋습니다.
남자	여기서 근무해?
역무원	그때 그 역은 없어지고, 여기로
	발령받았어. 사람 많은 데 오면
	좋을 줄 알았는데, 똑같네.
	계속 두리번거리게 돼.
	아는 사람이라도 있을까 싶어서.
남자	이 동네 오래 살았는데, 이제야 보네.
역무원	어디? 이 동네 잘 아는데.
남자	비료 공장 옆에.
	처음엔 기차 소리 때문에 힘들었어.
역무원	(여자에게) 가끔 놀러가도 되죠?
여자	그럼요.
역무원	(큰 아이를 보며) 너 닮았네.
	너 어릴 때 얼굴이다. (아이에게) 안녕?

남자	인사해야지.
아이	(소리) 안녕하세요.
역무원	부럽다. 난 아직 혼자야.
남자	만나는 여자도 없어?
역무원	참 이상하지? 사람이 그립다가도 밖에서 사람을 만나면 기차 소리가 들려. 기차처럼 왔다가 금방 가 버리는 거야. 아무리 맘에 들어도 오래 붙잡아 둘 수가 없어.
남자	사람은 만나기도 힘들지만, 헤어지는 것도 힘들어. 차라리 혼자 사는 게 낫다.
역무원	배부른 소리 한다. 헤어지기 위해 만나는 사람이 어딨어? 사람은 영원한 것을 찾기 위해 사는 거야.
남자	영원한 것?
역무원	내가 사라진 후에도 영원히 지속되는 어떤 것. 내가 더 큰 세계에 있다고 믿을 수 있는 것.
남자	무슨 종교 있어?
역무원	하루 종일 기차 소리 듣다 보면 그런 생각 하지 않을 수가 없어. 일가족이 어딜 가는 거야?
남자	여행 가. 처음으로.
역무원	그런 게 영원한 거야. 가족이 떠나는 여행.
남자	그럴지도 모르지.

기차 소리

역무원, 그쪽을 바라본다.

역무원	요즘은 전등 신호로 깃발을 대신해.
	기계는 인간보다 실수가 적으니까.
	조금만 더 얘기하고 싶은데, 아쉽네.
여자	놀러 오세요.
역무원	네 꼭 가겠습니다.
여자	(아이에게) 인사해야지.
역무원	(아이에게) 안녕.
아이	(소리) 안녕.

역무원, 깃발을 꺼내 그들을 배웅한다.

제15장 어느 펜션

수건과 물통이 든 쟁반을 들고 펜션 주인이 들어온다.
그는 전날의 여인숙 주인이다.

펜션 주인   옛날엔 곰사냥터 근방에서
                여인숙을 했어요. 그때가 좋았죠.
                밤늦도록 떠들며 놀던 사람이
                다음 날 곰에게 찢겨 죽어 돌아오는
                모습을 보면 이상하게 신이 났어요.
                내가 세계의 경계에 서 있는
                느낌이랄까요. 곰이 죽어 나오는 것보다
                사람이 죽어 나오는 걸 좋아했지요.
                그야 당연히, 곰이 없어지면 곰사냥터도
                끝이지만 사람 죽어 나간다는 소문이
                나면, 몰려오는 게 사람 아닙니까.
                … 곰이 사라지니, 무서워서 더는
                못 살겠더군요.
                그 튼튼하던 집도 허물어지기
                시작하는데, 생각해 보면 그게
                다 사람을 쫓아내는 거였어요.
                거기서 평생을 살았던 나 같은 사람도
                싫다고 내보낼 정도니, 이제 거기로는
                아무도 못 갈 겁니다.
남자   방이 어두워요. 빛이 잘 드는 방은
                없습니까?
펜션 주인   모르시는 말씀. 저녁에 빛이 들면

좋은 방이 아니에요. 저녁에 드는 빛은
음식이든 사람이든 상하게 합니다.
평생 집을 지키며 살아왔는데,
어련히 알아서 짓지 않았겠습니까?
어떻게 알고 오셨는지 모르지만,
여긴 숨어 있기 좋은 곳이죠.
도망다니는 사람도 다신 죄짓지 않겠다는
마음만 있으면 안심하고 살 수 있는
곳이에요. 밖에서는 절대 보이지 않는
그런 곳이란 말입니다. 그런데 아직도
거기가 그리워서일까요, 여길 찾아오는
사람들이 하나같이 곰으로 보입니다.
곰사냥터에서 사라진 곰들 같아요.
어떤 비밀 하나씩 감춘 채, 인간인 척
연기를 하는 곰 같단 말입니다.
이런 곳에 가족이 함께 오시니 보기
좋네요. (아이들을 보며) 애들이 참 예쁘게
생겼네요. 그런데 코가 막혔어요.
도시 사는 아이들은 다들 기관지하고 폐가
안 좋습니다. 며칠 쉬다 가세요.
아이들이 좋아할 겁니다. 아쉽네요.
전에는 딸기술을 담가서 드리곤 했는데,
요즘 산딸기는 떫은 맛이 많아서 술을
담그지 못해요. 그때 그 맛을 다시 볼 순
없을 겁니다.

펜션 주인, 쟁반을 두고 나간다.

남자   애들은 내가 씻길게.
여자   술을 좀 사올까요?

57

남자	술을 꼭 마실 필요는 없잖아.
여자	특별한 날이잖아요.
남자	여기 며칠 있을까?
여자	고향에 가고 싶다면서요.
남자	진짜 가려던 건 아니야.
여자	… 무슨 말인지 모르겠네요.
남자	보나마나 내가 성공했는지 실패했는지부터 보려고 할 텐데, 이 상태로는 절대 못 가지. 무슨 말인지 알겠어?
여자	애들 보면 좋아하실 텐데.
남자	집 나와서 기껏 애나 만들어 가지고 돌아오면 어느 부모가 좋아하겠어? 며칠 쉬면서 사업 구상이나 하려고. 직장 생활은 더 이상 못하겠어. 열심히 일해 봤자 남 좋은 일만 시키는 거니까. 실은 몇 가지 아이템이 있어. 돈 있는 사람들 소개 받아서 만나 봤는데, 관심 있어 하는 사람이 있더라고. 내가 인맥만 좀 더 있었어도 일찍 시작했을 텐데. 이 고생 안 하고.
여자	젊을 때 고생은 사서도 한다잖아요.
남자	… 당신하고 얘기하느니 벽 보고 떠드는 게 낫지.
여자	내가 그렇게 답답해요?
남자	어떤 마누라들은 직장에서 잘리기 전에 나와서 사업 시작해야 한다고 돈까지 빌려 온다던데, 당신은 항상 남 얘기 하듯 하잖아.
여자	그래서 잘못되면 어쩌려고요.
남자	당신 같으면 어떤 부인을 좋아하겠어?

잘될 거라고 믿어 주는 부인과
잘못될 거라고 미리 초치는 부인 중에.

여자   … 내가 잘못했어요.

남자   외근 나가서 명함 주고받을 때마다
      가끔 듣는 소리가 있어. '여기서 이런
      일 하실 분이 아닌데….' 처음엔 놀리는
      말 같아서 기분 나빴어. 사실 그 말은
      남자들끼리 서로 친해지려고 농담처럼
      하는 말이야. 일부러 상대를 높여 주는
      거지. 그 말을 들을 때마다 정말
      세상 어딘가에 진짜 내 자리가 있을 것
      같은 느낌이 들었어.

여자   저도 도울게요. 둘째가 조금만 크면…

남자   당신처럼 둔한 사람이 무슨 일을 하겠어?
      남한테 당하지나 않으면 다행이지.

여자   어떤 일이든 땀 흘리면서 열심히 일하고
      싶어요. 그 돈으로 애들 키우고 싶어요.

남자   그게 무슨 말이야?
      내가 번 돈은 부끄럽다는 얘기야?

여자   …… 아니에요. 절대로 그런 뜻이
      아니에요.

남자   당신 참 신기한 여자야. 겉으로는 잘하는
      거 같지만, 속마음은 절대로 날 좋아하는
      거 같지 않아.

여자   그렇지 않아요.

남자   하긴 당신이라고 내가 좋아서 살고 있는
      건 아니지. 말은 안 해도 나 같은 놈하고
      사는 거 끔찍할 거야. 능력도 안 되면서
      꿈만 큰 놈….

여자   제발…… 다신 그런 말 하지 말아요.

남자	농담이야, 진짜 농담. 왜 눈물까지 흘리고 그래? 농담 한 마디 했다고 벌받게 생겼네.
여자	내가 잘못한 게 있으면 용서해요.
	난 정말 당신이 좋아요. 뭐가 특별해서가 아니라 지금 그대로 당신이 좋아요. 잠든 모습을 보면 나도 모르게 웃음이 나요. 이렇게 잘생기고 멋진 사람을 세상이 왜 몰라주는지 속상해서 울고 싶어요. 그런 생각이 들어요. 내가 너무 좋아해서 다른 사람들 몫까지 빼앗은 건 아닌지.
남자	… 애들이 잠들었네. 아빠 엄마 말소리가 자장가로 들렸나?
여자	많이 피곤했을 거예요.
남자	정말 술 한잔하고 싶네.
여자	지금이라도 사올까요?
남자	딱 한 잔만 하고 싶다, 이런 기분도 나쁘지 않지.

남자, 자리에 눕는다.

여자	안 씻을 거예요?
남자	하루만.
여자	애기처럼.

여자, 그 옆에 눕는다.
남자, 여자를 안는다.

암전

제16장 공항

남자, 여자친구에게 전화를 건다.
전화벨은 녹음기로 넘어간다.

남자   나야. 어디 멀리 간 거야?
전화 받을 수 없는 상황인가?
그냥… 잘 지내나 싶어서.
요즘도 네 생각을 해. 전보다 훨씬 더.
그 생각 속에 숨는다고 할까?
그렇게 하지 않으면 살 수가 없어.
잘 지내는 거 맞지?
너의 편지 읽고 또 읽고,
천 번도 더 읽었어.
눈을 감으면 그곳에 있는 네가 보여.
정확히 말하면 그 먼 곳에서
나를 생각하는 너의 눈빛이.
난 말이야… 너에 대해 확신을 갖는 게
두려웠어.
항상 나와는 다른 사람 같았거든.
내가 감히 꿈꿀 수 없는 세계의 사람.
왜 안 그렇겠어.
내가 그 좁은 촌동네에서도 자리 못 잡고
있을 때,
넌 벌써 세계를 돌아다니고 있었으니까.
네가 얘기를 꺼내면
난 입을 다물어야 했어.

네가 떠나는 게 싫으면서도 곁에 있어
달라는 말 한 마디 못했던 건 그래서야.
그렇게 너는 내가 이름도 모르는 도시를
떠돌고, 나는 언제나 네 주변을 떠돌았지.
이제는 분명히 알아.
우린 시간을 낭비했어.
가장 완전했던 세계를 잃어버리고
점점 부서지면서 쓸모없는 인간이
되어 갔던 거야.
너만 내 곁에 있다면 난 아무것도
할 필요가 없어. 그것만으로도 나.
너 역시 그래.
그런 확신을 행동으로 옮기는 건
쉽지 않지.
나 지금 공항이야.
너에게 가고 있어.
미리 계획했던 건 아니야.
오늘 아침 눈을 떠서 곁에 잠들어 있는
아내와 아이들을 봤는데,
더 이상은 버틸 수 없다는 생각이 들었어.
내가 아닌 채 사는 일 말이야.
옳은 선택은 아니지.
짐승만도 못한 놈이라고 사람들은
욕할 거야.
분명한 건, 난 인간이 되기 위해서
떠난다는 거다.
더 이상 나빠지지 않기 위해서.
잃어버린 나를 찾기 위해서.
그곳으로 갈게.
거기, 순수 박물관으로.

제17장 동굴

여자, 곁에서 놀고 있는 아이들을 보다가 깊은 곳으로
눈길을 돌린다.
이윽고,

여자   여기도 동굴이 있네?
                누가 살았나 봐.
                혹시 당신이에요?
                내가 보기 싫어 숨은 거예요?
                왜 자꾸 도망쳐요.
                내가 무서워요?
                나야말로 도망친다고 생각했는데,
                …… 여태 당신을 찾아다녔다는
                생각이 들어요.
                제발 더 이상 가지 말아요.
                숨지도 말아요.
                …… 당신은 내 아내였지요.
                사랑할 수 없는 것을 사랑하다가
                남김없이 빼앗기고 쫓겨나야 했던,
                세상에서 제일 가난한 사람.
                … 이제 나도 당신의 자리에 있어요.
                세상에서 제일 약한 사람이 되었어요.
                당신에게서 전해져 온 감각으로…
                당신에게 가는 길을 찾고 있어요.
                조금만 기다려 줘요.

여자, 방울을 울린다.
사냥꾼이 다가온다.

사냥꾼   누구요? 거기 누가 있어?
            … 애들이 있네?
여자   어서 오세요.
사냥꾼   참 예쁘게 생겼군.
여자   보고 있으면 아무 생각도 안 나요.
사냥꾼   귀엽기도 하지.
여자   자세히 보면 신기하게 생겼어요.
            사람도 아니고, 짐승도 아닌 것이.
사냥꾼   그걸 알고 태어나진 않았을 거야.
여자   그래서 더 예쁜가 봐요.
사냥꾼   마음이 아프군.
여자   할 수 없잖아요. 애들이 죽어야 내가
            떠날 수 있어요.
사냥꾼   꼭 가야 하나?
여자   (동굴 안을 향해) 이봐요? 아직 거기
            있지요? 거의 다 됐어요. 울지 말아요.
            봐요, 나 당신한테 가고 있어요.
            다시는 도망치지 않을 거예요.
            단 하루라도, 나 당신과 살고 싶어요.

사냥꾼, 칼을 뽑는다.

막